KB237162

나는 별아저씨

정현종 시집

문학과지성사에서 펴낸 정현종의 시집

떨어져도 튀는 공처럼(1984)
한 꽃송이(1992)
세상의 나무들(1995)
갈증이며 샘물인(1999)
광휘의 속삭임(2008)
견딜 수 없네(2013, 시인선 R)
그림자에 불타다(2015)
사랑할 시간이 많지 않다(2018, 시인선 R)
어디선가 눈물은 발원하여(2022)
정현종 시전집(1999, 전집)

문학과지성 시인선 3
나는 별아저씨

초판 1쇄 발행 1978년 9월 25일
초판 19쇄 발행 1994년 12월 5일
재판 1쇄 발행 1995년 11월 1일
재판 12쇄 발행 2024년 11월 8일

지 은 이 정현종
펴 낸 이 이광호
펴 낸 곳 ㈜문학과지성사
등록번호 제1993-000098호
주   소 04034 서울 마포구 잔다리로7길 18(서교동 377-20)
전   화 02)338-7224
팩   스 02)323-4180(편집) 02)338-7221(영업)
전자우편 moonji@moonji.com
홈페이지 www.moonji.com

ⓒ 정현종, 1995. Printed in Seoul, Korea

ISBN 89-320-0058-1 02810

문학과지성 시인선 3

나는 별아저씨

정현종

1995

自 序

　　시선집 『고통의 축제』 이후에 쓴 작품을
묶었다. 시집을 낸다는 것은, 자기를 비교
적 깊이 돌아보는 기회가 된다는 점에서 값
이 있는 일이로구나 하는 느낌에 잠긴다.

　　이미 나온 시집에 들어가야 할 작품 서너
편을 뒤늦게 찾아서 함께 넣었다. 순서는
대체로 발표 연대순으로 했다.

　　이 시집으로써 인제 나는 가진 것이 아무
것도 없다. 빈털터리다. 처음 시작하는 것
처럼, 수줍게, 다시 출발하기에 충분할 만
큼 정말 가볍다!

1978년 9월

정　　현　　종

차 례

▨ 自 序

불쌍하도다

詩를 썼으면
그걸 그냥 땅에 묻어두거나
하늘에 묻어둘 일이거늘
부랴부랴 발표라고 하고 있으니
불쌍하도다 나여
숨어도 가난한 옷자락 보이도다

갈 데 없이……

사람이 바다로 가서
바닷바람이 되어 불고 있다든지,
아주 추운 데로 가서
눈으로 내리고 있다든지,
사람이 따듯한 데로 가서
햇빛으로 비치고 있다든지,
해지는 쪽으로 가서
황혼에 녹아 붉은빛을 내고 있다든지
그 모양이 다 갈 데 없이 아름답습니다

태양 폭발

태양의 살은 햇빛이구요
태양의 피는 열인데요
그 살은 우리의 살의 근원이구
그 피는 우리의 피의 원천인데요
그 살의 일부가 터져서
그 피의 일부가 출혈한 사건이
최근 태양에서 일어났습니다.
내 살의 불안과
내 피의 불안은 이루 말할 수 없어
발걸음조차 이상하게 흔들렸습니다.
그 빛과 열의 적은 감소가
나를 감기들게 했나부다 하고
나는 재채기를 하면서도
그러나 여전히 빛나는 태양의
따뜻한 은혜의 광택을
눈부시게 바라보며 나도 눈부시게 웃었습니다.

살이 녹는다

여름 바닷가
모래 위의 발자국
속에 햇빛 가득,
밤바다 모래 위의
가슴 자국
속에 밤바람 가득
파도 소리 숨소리 가득,
별빛과 눈맞춤
그대와 입맞춤
여름 뜨거워
살이 녹는다
여름 화려해
육체도 화려해
물 향기에 젖어
살이 녹는다.

가을, 원수 같은

가을이구나! 빌어먹을 가을
우리의 정신을 고문하는
우리를 무한 쓸쓸함으로 고문하는
가을, 원수 같은.

나는 이를 깨물며
정신을 깨물며, 감각을 깨물며
너에게 살의를 느낀다
가을이여, 원수 같은.

악몽과 뜬구름 1

1960년 사월에 죽은 광헌이
죽었는지 살았는지 소식 없음
1961년 이월에 죽은 성민
죽었는지 살았는지 소식 없음
1962년 유월에 죽은 만규
생사 확인할 수 없음
1963년 칠월에 죽은 태선이
죽었다고 소식 옴
1964년 팔월에 죽은 영호
죽었다고 소식 옴
천구백칠십몇년까지, 죽은 자들의 아무도
살았다는 소식 없음
모든 피가 부서지고
모든 뼈가 부서졌음
날아가버린 김가의 뺨 한 조각이 중천에 떠서
피를 흘리고 있음
부러진 이가의 팔 한 짝이 밤하늘에 떠서
자기의 육체를 부르고 있음
악몽과 뜬구름의 역사
의 밤비에 젖어

자기의 육체를 부르고 있음
내, 육체, 를, 돌, 려, 다, 오
지금 썩지 않은 눈물 있으면
고가로 사서 내 눈물 삼겠음.

고통의 축제 2

눈 깜박이는 별빛이여
射手座인 이 담뱃불빛의 和唱을 보아라
구호의 어둠 속
길이 우리 암호의 가락!
하늘은 새들에게 내어주고
나는 아래로 아래로 날아오른다
　　쾌락은 육체를 묶고
　　고통은 영혼을 묶는도다

시간의 뿌리를 뽑으려다
제가 뿌리뽑히는 아름슬픈 우리들
술은 우리의 정신의
화려한 형용사
눈동자마다 깊이
望鄕歌 고여 있다
　　쾌락은 육체를 묶고
　　고통은 영혼을 묶는도다

무슨 힘이 우리를 살게 하냐구요?
마음의 잡동사니의 힘!

아리랑 아리랑의 청천하늘
오늘도 흐느껴 푸르르고
별도나 많은 별에 수심 내려
기죽은 영혼들 거지처럼 떠돈다
　　쾌락은 육체를 묶고
　　고통은 영혼을 묶는도다

몸보다 그림자가 더 무거워
머리 숙이고 가는 길
피에는 소금, 눈물에는 설탕을 치며
사람의 일들을 노래한다
세상에서 가장 쓸쓸한 일은
사람 사랑하는 일이어니
　　쾌락은 육체를 묶고
　　고통은 영혼을 묶는도다

최근의 밤하늘

옛날엔
별 하나 나 하나
별 둘 나 둘이 있었으나
지금은
빵 하나 나 하나
빵 둘 나 둘이 있을 뿐이다
정신도 육체도 죽을 쑤고 있고
우리들의 피는 위대한 미래를 위한
맹물이 되고 있다

최근의 밤하늘을 보라
아무도 기억하지 않고 말하지 않는
어떤 사람들의 고통과 죽음을
별들은 자기들의 빛으로
가슴 깊이 감싸주고 있다
실제로 아무 말도 하지 않는 우리들을 향하여
流言 같은 별빛을 던지고 있다

내 사랑하는 인생

　우선 나는 그대들의 건강과 영광을 빈다. 아울러 그대들의 죽음을 축하한다. 그대들의 꿈같은 좌절과 화려한 지옥을 축하한다. 모든 것은 절대로 좋고 절대로 나쁘다──그 점을 축하한다. 그대들의 공포 및 동해와 서해의 격랑을 축하한다. 그대들의 이목구비와 발바닥과 신문을 축하한다. 극장과 짧은 즐거움과 애국가를 축하하고, 前進과 後進을, 左進과 右進을, 그대들의 前後左右를 축하한다. 한 잔의 술, 길 없는 데서의 질주의 끈기(!), 그 모든 것을 축하한다.

　돋아나는 풀잎의 눈물 속에 내리는 비
　불 꺼진 창의 검은 눈동자 속에 내리는 비
　오 내 사랑
　돋아나는, 풀잎의, 눈물, 속에, 내리는, 비……

꿈속의 아모라

내 손이 그대 가슴을
시냇물처럼 흐른다, 아모라여,
내 눈 속에 뜨는 무지개의 한끝이
그대 눈으로 폭포처럼 쏟아져
五色穹窿이 만월처럼 부풀 때, 아모라여,
그대는 들었는가
바닷물이 땅 위로 넘치는 소리, 혹은
상처입은 시간의 날개 소리를.

흐르다가 우리가 끊어지고
물처럼 왔다가 바람처럼 간다 해도
꿈속의 아모라여, 나는 너를 듣는다
노예의 귀로.

새벽의 피

아, 새벽 거리. 봤나? 그 속으로 지나왔지. 그 속으로? 차고 맑은 새벽의 피 속으로. 그렇지, 내 따뜻한 피를 섞었지. 내 몸 속의 한 줄기 파란 감각…… 새벽의 푸른 육체 속으로 뚫린(나의 육체가 지나오면서 그린) 한 줄기 따뜻한 구멍. 새벽은 아주 태연했어. 비정할 만큼. 아니 새벽은 아주 믿음직스러웠어. 믿을 수 있는 건 모든 서두르지 않는, 모든 태연한 것들이라고 생각될 만큼. 그 차고 맑은 피 속에 네 따뜻한 피를 섞어봐. 아 새벽 거리.

밤 술집

酒客들은 다만 잠들어 시끄럽고
술과 안주만이 깨어 있다
혀는 말의 부스러기나
비꼬인 토막 따위를 핥으며 춤추고
애국적인 아가씨들은 나와
다른 사내들의 불알을 까서
소금 접시와 함께 날아온다
젊은 가수의 노래는
유배된 청춘의 축제 없는 가슴을 어루만진다
나는 술잔을 들며
기억도 아픈 젊은 부러진 날개들의 눈동자를
녀석들의 잔 없는 손을 깨문다
땅콩이 입 안에서 폭발한다
오이와 당근
대구포도 폭발한다
입 속에 감금된 폭발.
공허한 입김의 난무 속을
오줌 누러 갔다 온다
오, 술자리와 변소를 오갈 수 있는 자유의 기쁨
오, 아가씨가 이쁘다고 말할 수 있는 자유의 기쁨(!)

酒客들은 다만 잠들어 시끄럽고
입 속에 감금된 폭발,
오 침묵과 靜觀의 기막힌 기쁨(!)

우울과 靈感

답답해요
그야 당연하죠
답답하다니까요
그야 지금이 오후 일곱시고
김씨가 죽었으니까요
답답해요
그야 강물은 흐르고 있고
어두운 술잔 속에 별은 지고
望鄕歌 울어예니까요
이씨도 죽고
박씨도 죽었으니까요, 그러나
눈물은 합심해서 거부합시다
답답하다고 하면 못써요
당신은 결코 답답하지 않으니까
아아 無情
숨쉬는 법을 익히세요
마시는 공기의 양을 줄여가는 법을
그리하여 조용히 죽어가는 법을
답답한걸요
천만에 벼락을!

푸른 하늘이지만
그게 어디 우리의 하늘인가요
모든 공포는 육체의 공포임을
벼락은 잘 알고 있어요
아, 바람이 부는군요, 불면서
내 살의 대부분을 氣化시키는군요
이 투명한 부드러움!
(인생 만세)

냉정하신 하느님께

지난해는
참 많이도 줄어들고
많이도 잠들었습니다 하느님
심장은 줄어들고
머리는 잠들고
더 낮을 수 없는 난쟁이 되어
소리없이 말없이
행복도 줄었습니다

그러나 저 납작한 벌판의 찬 흙 속에
한마디 말을 묻게 해주세요
뜬구름도 흐르게 하는 푸른 하늘다운
희망 한 가락은
얼어붙지 않게 해주세요
겨울은 추울수록 화려하고
길은 멀어서 갈 만하니까요
당신도 아시지요만, 하느님.

거짓 희망을 쓰러트리는
우리들의 희망이

누구의 입김인가 이 안개는
살찐 死者들의 입김이지, 이 안개는
꼭꼭 숨어라 친구들이여
머리카락 보인다 이웃들이여
그리하여 잠들라
낮의 일과 불투명한 노력들은
우리들 자신의 몫이 못 되고
거짓 희망을 쓰러트리는 우리들의 희망이
허락되기 어렵다 하더라도
피곤과 우울은 우리의 것이다!
편히 잠들라 내 이웃들이여
각성은 눈뜨면 못쓰고
잠조차 뿌리내릴 수 없는
아, 이 땅의 가난한 영혼이
뜬눈으로 그대의 잠을 지키고 있다.

痛史抄

옛날옛날에 덫과 올가미가 살았습니다. 덫은 올가미
를 노리고 올가미는 덫을 노리고 있었습니다.

생명 있는 건 돌뿐이었습니다
생명 있는 건 쇠뿐이었습니다
우리야 돌 속의 돌이요 쇠 속의 쇠였습니다

덫이 올가미를 덮치는 순간 그야 올가미는 덫을 얽었
습니다
아, 덫과 올가미는 함정에 빠졌습니다

떨어져도 튀는 공처럼

그래 살아봐야지
너도 나도 공이 되어
떨어져도 튀는 공이 되어

살아봐야지
쓰러지는 법이 없는 둥근
공처럼, 탄력의 나라의
왕자처럼

가볍게 떠올라야지
곧 움직일 준비 되어 있는 꼴
둥근 공이 되어

옳지 최선의 꼴
지금의 네 모습처럼
떨어져도 튀어오르는 공
쓰러지는 법이 없는 공이 되어.

전 쟁

그게 다 말해준다 이내 인생의 정당성을, 겁과 겁의
밀월의, 쇠의 밥의 잠꼬대의 정당성, 생각의 통일 의지
의 통일 감정의 통일의 정당성, 비겁에 대한 모멸에 대
한 공포에 대한 좌절에 대한 마비에 의한 궁둥이의 폭발
적 자유의 정당성, 유황인 공기, 뜻대로 하시는 비단결
의 스피커가 물 쓰듯 불 쓰듯 스마트하게 속삭이는 일백
퍼센트의 신성 행복.

내 할일은 단 하나
내 가슴에 뛰어드는 저 푸른 풀잎을 껴안는 바람처럼
고요히고요히 춤추는 일.

도덕의 원천이신 달이여

바람 소리 한 가닥
모래 위에 떨어져 있다
그걸 주워서 만져보고
귀에도 대본다
달 뜨는 소리 들린다

도덕의 원천이신 달이여 파도여
달 뜨는 눈알에서 내 웃음은
파도 소리를 낸다

감격하세요

나무들을 열어놓는 새소리
풀잎들을 물들이는
새소리의 푸른 그림자
내 머릿속 유리창을 닦는
심장의 창문을 열어놓는
새소리의 저 푸른 통로

풀이여 푸른 빛이여
감격해본 지 얼마나 됐는지.

窓

　자기를 통해서 모든 다른 것들을 보여준다. 자기는
거의 부재에 가깝다. 부재를 통해 모든 있는 것들을 비
추는 하느님과 같다. 이 넓이 속에 들어오지 않는 거란
없다. 하늘과, 그 품에서 잘 노는 천체들과, 공중에 뿌
리내린 새들, 자꾸자꾸 땅들을 새로 낳는 바다와, 땅 위
의 가장 낡은 크고 작은 보나파르트들과…… 눈들이 자
기를 통해 다른 것들을 바라보지 않을 때 외로워하는 이
건 한없이 투명하고 넓다. 성자를 비추는 하느님과 같
다.

마음에 이는 작은 폭풍

잠깬 마루에
새벽 달빛 한 줄기
번개 같다, 보이는 세계의 심연
부들부들 떠는 마음의 고요
뿔뿔이 끊어졌던 뿌리를 모은다.

내 귀는 크고 또 커져
깃 속에 푸른 바람 품고 잠든 새의
꿈을 듣고 있는 그대의 꿈을
……듣는다

마음에 이는 작은 폭풍
막 태어나고 있는 움직임——영원한 내 사랑.

태양이 떵떵거리면서

大奴隷의 발바닥을 핥는 中노예들의 발바닥을 핥는
小노예들의 발바닥이 무서워서 발붙일 곳을 없게 하기
위해 손이 발이 되도록 빌게 하나니……

숨어서 보는 눈이요
납작한 벌판이도다
일용할 떡 공포요
그걸로 기쁨을 배불리도다

그러나 보라
내 귀가 들은 바를 나는 노래하나니
태양이 떵떵거리면서 떠오르도다.

심야 통화 3

1

별들은 연기를 뿜고
달은 폭음을 내며 날아요
그야 내가 미쳤죠
아주 우주적인 공포예요

2

어둠이 촛불에 몸 씻듯이
깊은 밤 속에 잠겨 있으면
귀밝아오노니
지하수 같은 울음 소리……

거품과 너털웃음

저 지독한 해와 달이 비추는 게
살찌는 돌
살찌는 도구들이고,
술잔을 들며 부르는 노래가
다 태평가일지라도
나는 노래하리라
맥주와 諸國의 그림자
거품과 너털웃음을

노래하리라
반도의 눈부신 명당에서
세상에 가장 무거운 운명이
가장 깊이 날으는 모습을.

천둥쳐다오

구름 같은 남자들이
천둥치고 있네

　　꽃은 여자 속에
　　향기는 공기 중에

아냐 천둥은 옛말
요새는 꾀죄죄한 욕망뿐

　　꽃은 여자 속에
　　향기는 공기 중에

남자들 천둥쳐다오
태양처럼 웃어다오

　　꽃은 여자 속에
　　향기는 공기 중에

눈짓 하나가 탄생을 돕는다

너는 태어나려고 애쓴다
네가 태아처럼 꼬부리고 걸어갈 때
네가 헤엄치듯 잠들 때
물과 햇빛 속의 태기를 마실 때

너는 태어나려고 애쓴다
너의 키와 체중 속에서, 옷 속에서, 밥
과 꿈속에서, 네가 바라보는 모든 것들
속에서

아 태어나려고 애쓴다
납작한 것들 속에서
찢어지는 것들 속에서
길들여진 정신
무서워하는 기교 속에서
명랑한 저 달빛 아래 쥐죽은 거리에서
석탄백탄 속에서
아 막무가내의 기쁨 속에서.

눈짓 하나가 탄생을 돕는다.

네 눈은 상처이다

완벽한 철제 비단결 窮窿이다
생각은 떠오르는 듯 천장에 부딪혀 꺼진다

머리는 솜으로 가득차 있고
게다가 누가 물을 붓는다

다름아니다
네 눈은 상처이다
네 입은 상처이다
귀도 머리털도
심청이도 아리랑도

짝사랑을 누를 길 없어 너는
덜덜덜 떨지 않으면 안 된다

어디서 힘을 얻으랴

의자에 앉아서
의자를 그린다

마음은 항상
어여쁜 힘이 필요하다

결국 길이 없다
내가 그린 의자 속에 들어가 앉는다

현실의 의자는 인제
편안해지기 시작한다

앉는 데마다 淸風이 일는지도 모른다.

공중에 떠 있는 것들 1
——돌

날아가던 돌이 문득 공중에 멈췄다.
공중에 떠 있다.
일설에는 그 돌이 정치적이라고 한다.

그 소리의 化石의 연대는 애매하다.
웃지 않는 운명만이 확실하다.

다만 철제 프로파갠더를 매일
독약처럼 조금씩 먹는다.

공중에 떠 있는 것들 2
——나

내 몸이 자꾸 무거워지는 이유는
공포 때문이다.

나는 내 그림자로부터 도망친다.
떨리는 손으로 그림자를 떼어버린다.
다른 그림자 때문이다.

그림자를 잃고 공중에 뜬 실체는 말한다
나 내가 아니오
나 내가 아니오.

공중에 떠 있는 것들 3
──거울

뜻깊은 움직임을 비추는 거울은
거의 깨지고 없다.
다만 커다란 거울 하나가 공중에 떠 있고
거울 위쪽에 적혀 있는 말씀──
祝臥禪, 낮을수록 복이 있나니.

거울 속에는 그리하여
누워 있는 자와 잠든 자, 혹은
죽은 자들만이 있다.
요새 자기의 모습을 보는 방식이다.

눈감으면 고향이
눈뜨면 타향.

공중에 떠 있는 것들 4
──집

지붕마다 구멍이 뚫려 있다.
지붕 바깥으로 손 들기 위해서이다.
손 들고 있는 편안함!

비가 새니까 막으라는 겁니다라고
스피커가 말한다.
청천하늘엔 별도나 많고.

연락선 같기도 하고 화물선 같기도 하며
哨戒艇 같기도 하다 즐거운 나의 집은.

달아 달아 밝은 달아
연기 위에 집을 짓고
천년만년 살고지고.

술잔을 들며
—— 한국, 내 사랑 나의 사슬

1

불행이 내게 와서
노래부르라 말한다
피 흘리는 영혼 내게 와서
노래부르라 말한다.
내 인생은 비어 있다, 나는
내 인생을 잃어버렸다고 대답하자
고통이 내게 와서 말한다——
　　　내 그대의 뿌리에 내려가
　　　그대의 피가 되리니
　　　내 별 아래 태어난 그대
　　　내 피로 꽃 피우고 잎 피워
　　　그 빛과 향기로 모든 것을 채우라.

2

우리들의 고통을 헤아려보겠다고?
모래알을 헤아리면 된다
모래알 하나에서 우주를 본다고?
그렇다면 우리는 수많은 우주를 갖고 있다.

3

김씨 이씨네의 한 많은
두부찌개들이 보고 싶습니다
보면 먹지 않고
한없이 바라만 보겠습니다

고통의 별 아래 태어난 우리들,
한국을 사랑하는 것은
그 별빛을 사랑하는 것입니다

하느님은 새의 날개를 만든 뒤
더 만들지 않으셨습니다
겨드랑이에서 눈물이 돋습니다
돋으면서
슬픔으로 날자 상처로 날자 외칩니다

4

꽃들 좀 피어나거라
지식 국화, 농부 진달래
학생 장미, 노동 패랭이

제 값으로 피어나는 소리 좀 열려라
남도창, 정선 아리랑
천안 삼거리, 명동 블루스
부채춤, 강강수월래, 九鼓舞, 불놀이
북, 꽹과리, 가야금, 기타아……
이쁜 가슴 비벼 이는
푸른빛의 메아리 속에
자유 있는 육체와 육체 있는 자유로
일과 춤을 섞고 사랑한다 말하며
농부들은 씨 뿌리고
시인들은 노래하며
학자들은 생각하고
애인들은 사랑하는 땅
아 우리들의 명절이 있어야겠다
한국, 내 사랑 나의 사슬아!

다시 술잔을 들며
——한국, 내 사랑 나의 사슬

이 편지를 받는 날 밤에 잠깐 밖에 나오너라
나와서 밤하늘의 가장 밝은 별을 바라보아라
네가 그 별을 바라볼 때 나도 그걸 보고 있다
(그 별은 우리들의 거울이다)
네가 웃고 있구나, 나도 웃는다
너는 울고 있구나, 나도 울고 있다.

한 고통의 꽃의 초상
——니진스키에게

그의 육체는 뿌리와 같다. 영혼의 꽃 피는 불을 위한
모든 것을 빨아올리고 준비한다. 걸어다닐 때도 춤출 때
도 땅속에 뿌리박고 있다. 땅은 어둡다. 그러나 뿌리인
그의 육체는 밝고 밝다. 지상의 햇빛 속에 피워내는 것
이 있기 때문이다. 육체여 왜 어둡겠는가. 그의 육체는
뿌리와 같다.

그의 목은 나무 줄기와 같다. 그 목은 길고 투명하다.
목은 높은 데로 올라가는 신성한 사다리와 같다. 목은
아, 얼굴을 향하여 한없이 올라가고 있다.

나는 피어난 고통의 꽃 그의 얼굴을 본다. 그 얼굴은
폭풍의 내부처럼 고요하고 그리고 아름답다. 그의 눈은
눈물의 내부에 비친 기쁨의 빛의 넘치는 그릇이다. 자연
의 폐의 향기를 향해 깊이 열려 있는 그의 숨결. 운명의
모습처럼 반쯤 열려 있는 저 입의 심연의 고요. 회오리
바람기둥의 중심에 모인 힘으로 기쁨을 향해 열려 있는
얼굴. 오, 피어난 고통의 꽃 그대의 얼굴.

사람이 풍경으로 피어나

사람이
풍경으로 피어날 때가 있다
앉아 있거나
차를 마시거나
잡담으로 시간에 이스트를 넣거나
그 어떤 때거나

사람이 풍경으로 피어날 때가 있다
그게 저 혼자 피는 풍경인지
내가 그리는 풍경인지
그건 잘 모르겠지만

사람이 풍경일 때처럼
행복한 때는 없다

여자의 감각을 감탄홈

1

우주요?
배추 한 포기예요
세계?
콩나물 시루지요
(물과 물고기처럼 요지부동의 이 실제적 감각!)
물이 끓으면 나도 끓고
물이 얼면 나도 얼어요

2

네에 큰 거요,
아시나요 자질구레한 것들의 힘,
마음이 넘어지지 않으려면
꼭 맞는 구두를 신으세요
(물과 물고기처럼 요지부동의 이 실제적 감각!)

파랗게, 땅 전체를

1

파랗게, 땅 전체를 들어올리는
봄 풀잎,
하늘 무너지지 않게
떠받치고 있는 기둥
봄 풀잎

2

그림 속의 여자도 개구리도
꿈틀거리는
봄바람 속
내 노래의 물소리는 저
풀잎들 가까이 흘러가야지

이 세상의 깊음 속으로

날으는 새의 날개가 느끼는
공기
그 지저귐이 느끼는
내 귀
에 흐르는 푸른 공기
귓속에 흐르는 날개
모든 것들의 경계의
氣化
서로 다른 것의 모양 속에 녹는다
네 모양이 내 모양
내 모양이 네 모양이라며
날개와 바람
날개와
바람처럼……

인제 다시 떠나야 한다
이 세상의 깊음 속으로……

덤벙덤벙 웃는다

파도는 가슴에서 일어나
바다로 간다

바다는 허파의 바람기를 다해
덤벙덤벙 웃는다

여기선 몸과 마음이 멀지 않다
서로 의논이 잘 된다

흙의 절정인 물
물의 절정인 공기

물불 가리지 않는 육체
의 가락에
자연의 귀도 法도 어우러진다

고통의 뺄셈
즐거움의 덧셈

슬픔 없는 낙천이 없어
덤벙덤벙 웃는다

납 속의 희망

내 인생은 마비된 희망 속의 잠
보이지 않는 것을 향해 열려 있는
일찍이 빛났던 두 눈동자
귀는 쓰레기통
입은 함정
오 내 인생
마음의 납〔鉛〕 계단 꼭대기에
지푸라기처럼 떠오르는
마비된 희망
속의 잠.

담배를 보는 일곱 가지 눈

하염없는 손들의 마지막 신호.

연기처럼 사라지는 약속.

킹 사이즈의 혼란.

구호에 대한 암호.

등화관제 아래 지각없는 불빛.

습관적인 霧笛.

아마 우리 숨결의 외출.

악몽과 뜬구름 2

따다다 랄랄라
괜찮어, 가벼운 상처야
무덤에 가면 나을걸 뭐
따다다 랄랄라

　　새벽같이 오는
　　이 소름슬픔 만세

따다다 사람 하나 먹고
랄랄라 사람 둘 먹고
하하, 화약처럼
속삭이고 싶어

　　저 달은 무덤 속에
　　우린 저 달빛 아래

꿈이야, 걸음아 도망갔어
가도가도 정든! 지도였어——
덫에 걸린 올가미가
함정에 빠져 있었어

저 달은 무덤 속에
우린 저 달빛 아래

시월의 감상

문득 공복처럼 떠 있는 황혼 한 자락을 발목에 감고
다른 한 자락은 목소리에 그늘지게 해
무슨 파도와 명사십리가 만나는 것처럼 만날 녀석

두 시간이나 세 시간 별말 없이 술을 마셔도 유수처
럼 통해 흐를 수 있는 놈

위대한 잠꼬대인 일리아드나 오디세이 중의 한 곡 사
랑이나 한 곡의 싸움
사랑이든 싸움이든 자꾸 그런 공간으로 내던지고 탈
환하는 그런 녀석

가을이군, 그래 벌써 가을이야라면서
인사라고 한 곡 숨들을 던지며
그걸로 그냥, 꿀 먹거나 떡 먹은 거보다 더하게
입 딱 씻는 녀석이 아마 있기는 있을 거라……

광채나는 목소리로 풀잎은

흔들리는 풀잎이 내게
시 한 구절을 준다

하늘이 안 무너지는 건
우리들 때문이에요, 하고 풀잎들은
그 푸른빛을 다해
흔들림을 다해
광채나는 목소리를 뿜어올린다
내 눈을 두 방울 큰 이슬로 만든다

그 이슬에 비친 세상
큰 건 작고
강한 건 약하다
(유머러스한 세파
참 많은 공포의 소산)

이 동네 백척간두마다
광채나는 목소리로 풀잎은……

종이꽃 피도다

하느님

꽃에는 비
풀잎에는 바람
우리한테는 너무한 희망
내려주시도다

하느님

한 시대는 한 폐허요
군왕들 열심히 준비하는
무덤에 항상 뿌리내리는
유장한 들꽃들 보이오나

하느님

가차없이 길들어
지각없이 말없이
올봄도 산에 들에
종이꽃 피도다.

시간이에요

달아 추억은 다 너한테 가 있다가
오늘밤 왼통 달빛을 타고 내려오는구나
사람의 지금을 살려내는
너 기분 좋은 藥달이여

시간은 그간 너한테 가 있다가
오늘밤 창가에 와서
시간이에요 하고 말하는구나
장차 뜰 달을 부르는구나

시간이구말구
더 치명적일 수 없는 시간
그리운 명절의 시간
그래, 시간이구말구

세상 초록빛을 다해

서커스 구경온 새처럼
나는 말한다——
아니다
날으는 새 보는 곡예사처럼
나는 말한다——

밥 먹고 있는 사람 밥 많이 먹어요
놀고 있는 사람 잘 놀아요
걷고 있는 사람은 어서 걸어요
……………

말한다
거지 꼴인 꿈을 다해
세상 초록빛을 다해

꿈으로 우는 거리

사람들이 말한다
사람들은 입에서 거미줄을 꺼낸다

그 거미줄에 걸려 죽은 사람의 그림자가 눈감은 것처
럼 어두운 세상

………그래도

새들이 우는 속을 알아본다
꿈으로 우는 거리를 꿈꾼다

섬

사람들 사이에 섬이 있다
그 섬에 가고 싶다

절망할 수 없는 것조차
절망하지 말고……
──노트 1975

1

더 이상 인간이 존재하지 않는다. 인간은 존재하기를 그쳤다. 물질과 허깨비만이 왔다갔다한다. 보이지 않는 공포와 가장 강력한 경멸의 뒤범벅을 우리는 오늘날 삶이라고 부른다. 게다가 그 공포와 경멸을 더 많이 차지하겠다고 사람들은 경쟁적으로 싸우고 있다. 하하. 그러니 그 삶이라는 것에 손이 닿자마자 손은 썩기 시작하고 그 삶이라는 것 속에 발을 들이밀자마자 발은 썩어버린다. 그 문드러진 팔다리로 나는 힘차게(!) 걸어간다는 것이다. 그리하여 거짓과의 타협을 우리는 오늘날 삶이라고 부른다. 그리고 더 많은 거짓을 차지하기 위하여 사람들은 경쟁적으로 싸우고 있다.

술보다 더 지독한 痲藥이 필요하다.

2

　나는 내 운명이 이미 결정돼 있음을 모르고 운명을
개선하려 했다. 그러나 내 운명이 결정돼 있음을 알았을
때 나는 내 운명이 바뀌는 소리를 들었다.

3

　행복은 행복의 부재를 통해서만 존재하기 시작한다. 행복은 불행이 낳은 천사이며 이미지이다. 그것은 항상 이미지로서 존재한다.

　그런데 행복은 개인적인 것이 아니다. 즉 행복이라는 이미지는 '우리' 속에서 탄생한다.

　고통 속에 있는 우리들의 불가피한 사랑 속에 .내재하는 행복의 이미지.

4

겨고 마주친 모든 것들을 예술적 대상으로 만드는, 즉 생명 없음에 의해 마비된 물질처럼 굳어버릴 체험의 대상들을 상상력의 불로 녹여 이미지라는 얼음 속에 냉동하는 자. 즉 비열한 상태에 있기 쉬운 대상들을 정신의 현실적인 힘인 상상력에 의해 아름다움 속으로 해방시킴으로써 자신을 그 대상들로부터 해방하고, 그 해방된 공간 속에서 그것들과 자신을 和唱이라는 울림의 공간 혹은 생명의 질서 속에 구속하기. 모든 위대한 예술가들의 일.

하나의 예. 우리 중의 누가 죽었다. 그 시체는 차고 딱딱하게 굳어 있다. 그러나 그 시체에 관한 우리의 느낌과 생각은 따뜻하고 부드럽다. 그 따뜻함과 부드러움──문학 또는 예술.

5

제 몫으로 지고 있는 짐이 너무 무겁다고 느껴질 때 생각하라, 얼마나 무거워야 가벼워지는지를. 내가 아직 자유로운 영혼, 들새처럼 날으는 영혼의 힘으로 살지 못한다면, 그것은 내 짐이 아직 충분히 무겁지 못하기 때문이다.

6

승리만이 미덕이고 그것만이 고취될 때 가장 긴요한 미덕은 실패할 수 있는 능력이다.

나는 승리를 부끄러워할 것이다, 만일 그것이 나쁜 승리라면.

나는 과연 실패할 수 있을까.

7

未踏의 공간은 신비롭다. 그러다가 그곳에 간 뒤에는 시간이 신비롭게 느껴진다.

8

나는 내가 대상——그것이 사람이든 나무이든——을 향해 걸어갈 때 그 대상 또한 나를 향해 오고 있음을 안다.

내가 내 바깥의 어떤 것을 향해서 갈 때 나는 언제나 나 자신을 향해서 가고 있는 것이다. 언제나. 대상 또한 나를 향해 가까이 오면 올수록 그 자신에 가까워진다. 따라서 내가 대상을 정말 만날 때, 즉 내가 대상에 몰입하고 대상이 나에 몰입할 때 우리는 각각 자기 자신을 정말 만날 수 있다.

내가 살고 있다는 것은 외계라는 태 속에서 거듭 탄생하려고 꿈틀거리고 있는 것일 따름이며, 마찬가지로 객관 세계는 나의 태(이걸 상상력이라 부르자) 속에서 끊임없이 탄생하려고 꿈틀거리고 있다.

내가 길을 걸어갈 때 나는 내 內面空間 속에서 똑같은 모습으로 똑같은 길을 걷고 있는 나를 본다. 즉 내 육체 바깥에 펼쳐져 있는 공간이 내 육체 속의 내면 공간에 같은 크기와 같은 모습, 같은 성질들을 지니며 동시에 투영돼 존재하며, 외계 공간에서 움직이는 나와 마찬가지로 내면의 상상 공간에서도 똑같이 다른 하나의 내가 움직이고 있는 걸 나는 바라본다. 두 개의 세계가 동시에 공존한다!

그러나 내면 공간 속의 나와 그를 바라보고 있는 이 현실적인 나가 같은 것인가? 아니다. 외계 공간이 내면화되고 그 내면 공간과 그 속의 나를 바라보는 현실적인 나는 변질되기 시작한다. 즉 내면 공간과 그 속의 나는 현실적인 외계와 그 속의 나에 작용하기 시작한다. 내 존재의 한 실재 즉 내 영혼에 작용하여 일종의 투명하고 고요한 빛 속에 그 뿌리를 깊이 박게 한다. 이것은 탁월한 의미의 긴장조차 없는 세계, 아름다움과 고요가 투명한 빛 속에 그 모습을 완전히 드러내는 세계이다.

9

　자기의 경험이 자기를 다시 찾아올 때, 즉 기억의 창고 속에 앙금처럼 쌓여 있던 쾌락이나 욕망, 공포들이 현재의 살을 비집고 나와 이마에 흐르는 땀처럼 명백히 현재할 때, 그 친근한 방문객을 맞이하고 대접하는 방법을 생각해볼 것.

　가령 세수를 할 것.

10

잊어버림으로써 기억한다.

11

나는 시간을 알고 있다. 밤이 깊었다거나 그 유동량이 바야흐로 많다거나 적다거나, 소용돌이 모양이라거나 실오라기 모양이라거나……

그러나 '시간'이 나를 알고 있는지를 나는 모른다. 그것이 내 슬픔이다. 그러나 내 슬픔으로 무슨 단단한 보석이라도 만들었으면……

12

추상명사인 '희망'은 우리들의 혀와 깊은 관계가 있
고 혹은 코, 귀, 눈 등과 깊은 관계가 있다. 말하자면
우리들의 감각들, 우리의 육체와 관계가 깊다.

13

사람이 때를 모르니 때가 사람을 따를 리 없다.

14

詩=대답할 수 없음에 대한 변명(그 가장 탁월한 의미에 있어서). 그리고 가능한 대답 중의 최선의 길.

15

그 여자가 콩을, 거의 모든 종류의 콩을 좋아한다고 내게 말하자마자 그 여자에게서 콩 냄새가 나는 것 같았고, 나 자신도 콩을 좋아하는 터라 내가 콩을 바라볼 때 느끼는 구수한 식욕과도 같은 친근감을 느꼈다.

우리를 연결하는 것들 중의 하나——콩 혹은 식욕.

16

    내 움직임의 유일한 가능성이자 한계인 내 육체조차, 그리고 나를 제한하는 모든 내적(특히 심리적) 장애들조차 날개 자체가 된 듯, 그리고 의식과 무의식(사람들은 이렇게도 잘 가른다——그래야 뭔지 알 것 같기 때문에)의 모든 층들과 안개 속에, 근육의 켜 속에 바람과 불의 결혼이라도 진행되는 듯 타오르는 이미지.

17

파괴적인 허무나 절망적인 내기로부터 나온 힘은 그 힘을 낳은 바로 그 허무나 절망보다 더 무섭고 파괴적인 절망을 낳을 것이다. 그런 힘은 분명히 공포로부터 나온다.

인간의 세계에 있어서 희망을 장기화하는 노력의 필요성.

18

핵, 그 밑도끝도없는 힘. 그러자 우리는 관념적, 감정적으로 혹은 思考上으로 또 죽는다. 아주 이상적으로 아주 유쾌하게 전멸한다. 조용한 히로시마. 나의 사랑 히로시마.

같이 죽는다는 것은 情死를 의미한다. 아, 우리는 서로 지독하게 사랑하고 있는 것이다!

두 사람이 마주보고 있다.
① 오랫동안 죽은 듯이 말이 없다.
② 한쪽의 얼굴이 약간 일그러진다.
③ 다른 한쪽이 그걸 모방하거나 눈을 떨어뜨린다.
④ 한쪽 얼굴의 한쪽 눈에서 눈물 한 방울 떨어진다.
⑤ 같은 얼굴의 다른 쪽 눈에서 다시 눈물 한 방울 떨어진다.
⑥ 그렇게 짝짝이로, 두 눈이 번갈아가며 눈물을 쏟는다.
⑦ 뚝 그치거나 차츰 그친다.
⑧ 그리고 조금 웃는다.
⑨ 다른 쪽 얼굴이 그걸 모방한다.

⑩ 다시 죽은 듯이 서로, 가능한 한 오래 바라보고 있다. 지독하도록 오래.
그렇게 만나고 있다. 1975년.
불가피하고 운명처럼 확고부동한 이미지.

19

그러나 또한 불가피한 건 이미지를 버리는 것. 이미지 대신 액튜얼리티*actuality*를 붙잡는 것. 아니 이미지가 나를 버리고 實在하는 것이 나를 붙잡는 불가피성.

두 사람이 마주보고 있지 말고 실재하는 제3의 어떤 것을 동시에 바라본다.

20

그러나 크리슈나무르티의 관찰:

불이 났다. 한 사람이 불을 끄기 위해 물을 퍼서 나른
다. 그걸 바라보는 사람들이 있다. 보면서 이렇게 말한
다. 저 사람 머리카락은 갈색이로군. 저 사람 체구에 비
해 물을 많이 담아 나르고 있어. 무리야, 등.

21

아무것도 할 수 없을 때 모든 일이 가능하다. 이것은 카타스트로프와 타락이라는 二重의 뜻을 가지고 있다. 모든 일이 가능하다? 그것은 불가능한 일이며 그럴 수 없는 일이다.

아무것도 할 수 없을 때 모든 일이 '준비' 된다. 혹은 아무것도 할 수 없을 때는 모든 일을 준비하기에 가장 좋은 때이다. 아멘.

22

희망을 연장하되 희망의 근거를 끊임없이 감시하는 정신의 필요성. 실패와 죽음의 가능성.

23

　大奴隷의 발바닥을 핥는 中노예들의 발바닥을 핥는
小노예들의 발바닥이 무서워서 발붙일 곳을 없게 하기
위해 손이 발이 되도록 빌게 하나니……

　　이데올로기의 노예여
　　우리를 위하여 빌으소서
　　신념의 노예여
　　우리를 위하여 빌으소서
　　배짱의 노예여
　　우리를 위하여 빌으소서
　　공포의 노예여
　　우리를 위하여 빌으소서
　　승리의 노예여
　　우리를 위하여 빌으소서
　　……………

　　聖罪人들
　　우리를 위하여 빌으소서.

24

어떤 것 없이 살 수 없을 때 우리는 그 어떤 것에 중독되었다고 말한다. 가령 아편 중독자들은 아편 없이 하루도 살 수 없다. 그런데 밥 없이는 하루도 살 수 없는 우리들 중의 아무도 우리가 밥에 중독되었다고 말하는 사람은 없다.

그러나 나는 내가 밥에 중독되어 있는 것 같다. 매일같이 밥을 먹지 않고는 살 수 없으니 나는 밥 중독자이다.

아편 중독은 불법이고 밥 중독은 '사회'가 용인하는 합법 행위이다. 한 중독의 다른 중독에 대한 승리. 싸움에 중독된 인간 사회. 승리 중독.

나는 오늘도 부지런히 일어나 밥을 사냥하기 위해 영광스런 일터로 나아간다. 나는 밥 중독자이다. 밥에 취해서 산다. 명백한 중독.

25

아이들은 미래를 물고늘어지고 나이든 사람은 과거를 물고늘어진다. 현재로부터 도망치기 위해 미래나 과거를 만들어낸다. 노인들의 미래는 과거이다. 시간으로부터 자유로울 수 있는 것은 '지금'을 통해서인데, 많은 사람들은 시간의 굴레에 묶여 있어야 편안하리만큼 무력하다. 과거와 미래를 원한다면 '지금 이 순간'을 원하지 않으면 안 된다. 새는 울고 꽃은 핀다. 중요한 건 그것밖에 없다.

26

그런데 나는 때때로 옛노래의 '보금자리' 속에 '안긴다'

나의 살던 고향은 꽃피는 산골
복숭아꽃 살구꽃 아기진달래
울긋불긋 꽃대궐 차린 동네
그 속에서 놀던 때가 그립습니다.

지금도 나는 가끔 종로에서 꽃전차를 본다.

27

미국 시카고에서의 어느 날 밤.

여러 나라에서 온 사람들이 넓은 홀과 같은 방에서 같이 잔다. 사람들은 깊이 잠들기 시작한다. 낮에는 줄곧 영어를 지껄인 사람들이다. 그러자 한 친구가 중국말 잠꼬대를 하기 시작한다. 대만산이다. 퍽 오래 중국말 잠꼬대를 듣는다. 나는 소리없이 많이 웃었다. 그러자 라틴 아메리카의 아르헨티나가 또 스페인어로 열렬히 잠꼬대를 했다. 나는 또 많이 웃었다. 그날 밤 나도 한국어로 잠꼬대를 했는지도 모른다.

오늘날 영어를 비롯한 몇 개의 주요 언어들은 意識語(?)이고 나머지 소위 제3세계의 언어들은 無意識語(?)인지도 모른다. 힘과 의식을 대표하는 언어들 속에 끼지 못한 언어를 쓰는 사람들은 잠꼬대를 장악함직하다.

그러나 서울에 있는 나도 잠꼬대로밖에는 내 나라 말을 할 수 없다면 내 고향은 퍽 낯선 곳이었던 모양이다.

28

국가란 무엇인가. 그것은 한 나라의 말——모국어일 따름이다. 제 나라의 말이 없으면 나라도 없고 제 나라 말을 잃으면 나라도 잃으며, 그 말소리가 들리지 않으면 그 나라의 생명이 흘러 서로 부르는 소리를 들을 수 없다. 한 나라는 문화에 의해 그 이름을 소유하게 되며 언어는 문화의 영혼이기 때문이다.

내 삶은 어떻든 한국어에 뿌리박고 있다. 한국어는 거기서 나서 거기로 돌아갈 나의 흙(땅)이다.

그런데 그 뿌리가 흔히 뽑혀 있는 걸 본다. 뿌리 없이 떠돈다. 흙 없는 뿌리들이 떠돌다가 말없이 앉거나 쓰러진다. 뿌리내릴 땅(말)을 더듬다가 함정에 빠진다. 뿌리 뽑힌 자가 뿌리내릴 땅을 찾다가 함정에 빠졌을 때, 그 빈 함정을 흙(말)으로 메워주는 사람도 거의 없다.

29

새는 울고 꽃은 핀다. 중요한 건 그것밖에 없다.

절망할 수 없는 것조차 절망하지 말고……(카프카)

변증법적 상상력

김　현

사람들 사이에 섬이 있다.
그 섬에 가고 싶다.　　　　　　　　　——「섬」

　정현종의 시를 읽는 것은 즐거운 일이다. 그러나 그
것은 동시에 고통스러운 일이다. 그의 시를 읽는 즐거움
은 즐거움의 없음을 확인시키는 그의 시에서 우러나오
는 것이기 때문이다. 그의 첫 시집인 『사물(事物)의 꿈』
은 사물의 내부에 자유롭게 들어갈 수 있는, 그래서 사
물들의 꿈을 자신이 꿀 수 있는 그런 시인의 천진무구
함, 그의 의식의 투명한 부드러움으로 가득차 있다. 그
시집에 자유분방하게 드러나 있는 시인의 마음의 천진
스러움, 그의 의식의 부드러움은 행복하게 아름다운 꿈
을 꿀 수 없는 인간들에 대한 아픔으로 자연스럽게 확대
되어나간다. 그것은 또한 자유롭게 행복한 꿈을 꿀 수

있는 정황을 만들어내야 한다는 문학적 실천의 문제로
전개되는데, 그것으로써 시인으로서의 그는 한용운과
윤동주가 부딪쳤던 문학적 문제, 시적인 부드러움을 잃
지 않고서 그를 둘러싼 사람들의 고통을 감싸안아야 한
다는 문제에 부딪히게 된다. 그의 두번째 시집은 바로
그 문제의 해결을 위한 집요한 노력이라 할 수 있다. 그
에게 있어 문학——예술은 언제나 따뜻함과 부드러움의
공간이다. 그 공간에서는 차고 딱딱한 것까지도 따뜻하
고 부드러운 것으로 상상된다. "우리 중의 누가 죽었다.
그 시체는 차고 딱딱하게 굳어 있다. 그러나 그 시체에
관한 우리의 느낌과 생각은 따뜻하고 부드럽다. 그 따뜻
하고 부드러운——문학 또는 예술." 그러나 문제는 차
고 딱딱한 것을 어떻게 차고 딱딱하면서 동시에 따뜻하
고 부드럽게 표현해야 하느냐에 있다. 그 문제를, 한용
운이 가버린 님을 마음속에 남아 있는 님으로 크게 껴안
음으로써, 그리고 윤동주가 부드러움을 부끄러움으로
확대시킴으로써 해결하였다면, 그는 그것을 무거워지기
위해 가벼워져야 한다고 생각함으로써 해결하려 한다.
그 가벼움은 고통을 회피하기 위해 공중으로 날아오르
려는 가벼움이 아니라, 낮게낮게 날면서 가벼워진 자기
의 내적, 외적 공간에 자기가 질 수 있는 최대한도의 짐
을 지기 위한 가벼움이다. 그래서 그는 감히 말하는 것
이다. "제 몫으로 지고 있는 짐이 너무 무겁다고 느껴질
때 생각하라. 얼마나 무거워야 가벼워지는지를. 내가 아
직 자유로운 영혼, 들새처럼 날으는 영혼의 힘으로 살지
못한다면, 그것은 내 짐이 아직 충분히 무겁지 못하기

때문이다." 가벼워짐으로써 무거워진다, 무거워짐으로
써 가벼워진다는 그의 상상력을 나는 간단히 변증법적
상상력이라고 부르고 싶다. 그 상상력 속에서는 무거운
것과 가벼운 것이 대립적인 것으로 존재하는 것이 아니
라, 변증법적으로, 다시 말해 무거운 것은 무거운 것으
로, 가벼운 것은 가벼운 것으로 존재하면서 동시에 가벼
운 무거움, 무거운 가벼움으로 존재하는 것이기 때문이
다. 그의 상상력 속에서는, 위에서 쓴 표현을 다시 빌리
면, 부드러운 것이 딱딱한 것과, 따뜻한 것이 찬 것과,
행복스러운 것이 고통스러운 것과 대립적으로 존재하는
것이 아니라, 변증법적으로, 딱딱한 부드러움, 부드러운
딱딱함, 차디찬 따뜻함, 따뜻한 차디참, 행복스러운 고
통, 고통스러운 행복으로 존재하는 것인데 그것은 푸르
름·흔들림으로 육화된다.

부드러움·따뜻함·행복스러움이 가장 잘 드러나는
것은 인간이 자연처럼 존재할 때이다. 인위적인 것과 자
연적인 것이 하나로서 화해롭게 존재할 때 그것을 시인
은 아름답다고 말한다.

사람이 바다로 가서
바닷바람이 되어 불고 있다든지,
아주 추운 데로 가서
눈으로 내리고 있다든지,
사람이 따듯한 데로 가서
햇빛으로 비치고 있다든지,
해지는 쪽으로 가서

황혼에 녹아 붉은빛을 내고 있다든지
그 모양이 다 갈 데 없이 아름답습니다
──「갈 데 없이……」

　사람이 바닷바람이 된다든지, 눈이 된다든지, 햇빛이
된다든지 하는 것은 아름답다. 그런 사람의 변모는 아름
다움이라는 곳 외로는 갈 곳이 없다. 그것을 시인은 사
람이 풍경으로 피어나는 것이라고 표현한다.

사람이 풍경으로 피어날 때가 있다
그게 저 혼자 피는 풍경인지
내가 그리는 풍경인지
그건 잘 모르겠지만

사람이 풍경일 때처럼
행복한 때는 없다　　　　──「사람이 풍경으로 피어나」

　인위적인 것과 자연적인 것의 화해로운 결합을 시인
은 사람이 풍경으로 꽃피어난다고 묘사하고 있는데, 그
묘사에서 주목해야 할 것은 피어난다라는 어휘이다. 사
람이 풍경이 되는 것이 아니고, 더더구나 사람이 풍경을
그리는 것이 아니라, 사람은 풍경으로 꽃피어난다. 꽃피
어난다라는 어휘 속에서 울리고 있는 아름다움 · 풍요로
움, 활짝──속을──열어놓음 등의 어사적 가치를 느
끼지 못한다면, 사람이 풍경으로 꽃피어난다라는 이미
지는 충분히 꽃피어날 수 없다. 사람이 풍경으로 꽃피어

변증법적 상상력　105

나는 순간, 자연이나 사람은 풍요하게 활짝 속을 열어놓
는다. 그것은 아름답다. 그때 모든 것은——인위적인
것이든 자연적인 것이든 행복하다는 느낌을 전해준다.
사랑할 때면, "내 손이 그대 가슴을/시냇물처럼 흐"(「꿈
속의 아모라」)르며, 해변가에 가면, "여름 뜨거워/살이
녹는다"(「살이 녹는다」). 담배를 피울 때에도, 담뱃불꽃
과 별빛이 화해롭게 노래를 부른다. "눈 깜박이는 별빛
이여/射手座인 이 담뱃불빛의 和唱을 보아라"(「고통의
축제 2」).

그러나 인위적인 것과 자연적인 것이 언제나 화해로
운 것은 아니다. 원수 같은 가을은 "우리를 무한 쓸쓸함
으로 고문하"고, 그래서 나는 "이를 깨물며/정신을 깨물
며, 감각을 깨물며/너에게 살의를 느낀다"(「가을, 원수
같은」). 그 살의는 자연을 자연스럽게 인지할 수 없는,
혹은 없게 하는 상황 때문에 생겨나는 것인데, 자연의
자연스럽지 못함은 그에게 쓸쓸함과 피곤과 우울과 그
리고 공포를 야기케 한다. 자연을 자연스럽지 못한 자연
으로 보는 시인의 아픔은 악몽 같은 아픔이다. 악몽 속
에서, 항상 남성다운 힘의 표상인 태양이나, 도덕의 원
천인 달이나 아름다움의 상징인 보석 같은 별은 피를 흘
리고 있거나, 자기의 잃어버린 육체를 부르고 있다.

> 날아가버린 김가의 뺨 한 조각이 중천에 떠서
> 피를 흘리고 있음
> 부러진 이가의 팔 한 짝이 밤하늘에 떠서
> 자기의 육체를 부르고 있음　　　——「악몽과 뜬구름 1」

그 악몽을 시인에게 야기케 한 것이 무엇인가 하는 것은 확실하게 밝혀져 있지 않으나, 그것이 "위대한 미래를 위"해 우리의 피를 맹물로 만들어버리는(「최근의 밤하늘」), 악몽과 뜬구름의 역사 때문이라는 것은(「악몽과 뜬구름 1」) 막연하게나마 암시되어 있다. 여하튼 중요한 것은 그 악몽 속에서는,

> 태양의 살은 햇빛이구요
> 태양의 피는 열인데요
> 그 살은 우리의 살의 근원이구
> 그 피는 우리의 피의 원천인데요
> 그 살의 일부가 터져서
> 그 피의 일부가 출혈한 사건이
> 최근 태양에서 일어　　　　　　　　——「태양 폭발」

나기도 하며,

> 정신도 육체도 죽을 쑤고 있고
> 우리들의 피는 위대한 미래를 위한
> 맹물이 되고　　　　　　　　——「최근의 밤하늘」

있기도 하다. 그 악몽은 시인의 평화로운 시적 우주를 완전히 뒤흔든다. 그 악몽을 무엇이 시인에게 야기하게 하였건, 그 악몽을 꾼 뒤에는,

세상에서 가장 쓸쓸한 일은
사람 사랑하는 일이어니   ——「고통의 축제 2」

라고까지 시인은 탄식하게 된다. 여자의 가슴을 시냇물
처럼 흐르던 시인의 손은(「꿈속의 아모라」), "기억도 아
픈 젊은 부러진 날개들의 눈동자"와 동일시되는 "녀석들
의 잔 없는 손"(「밤 술집」)으로 변모한다. 그 변모의 과
정은 아주 격렬하고 급작스럽게 보여서, 독자는 이 시인
이 과연 아름다운 자연을 그토록 행복하게 노래하던 그
시인인가고 회의하게 될 정도이다. 따뜻함과 부드러움
과 행복함은 공포와 우울과 피곤으로 바뀌져, 시인의 절
망감을 생생하게 느끼지 않을 수 없는 시구들이 시인의
시를 점령한다.

1) 내 몸이 자꾸 무거워지는 이유는 **공포** 때문이다.
　　　　　　　　——「공중에 떠 있는 것들 2——나」

2) 푸른 하늘이지만
　　그게 어디 우리의 하늘인가요
　　모든 **공포**는 육체의 공포임을
　　벼락은 잘 알고 있어요   ——「우울과 靈感」

3) **피곤**과 **우울**은 우리의 것이다!
　　　　——「거짓 희망을 쓰러트리는 우리들의 희망이」

공포와 피곤과 우울 때문에 "심장은 줄어들고/머리는

잠들고/더 낮을 수 없는 난쟁이 되어/소리없이 말없이/
행복도 줄"(「냉정하신 하느님께」)어든다. 시인은 악몽 속
에서, 난쟁이가 되고, 결국에는 자기가 미쳤다고까지 느
끼게 된다.

> 별들은 연기를 뿜고
> 달은 폭음을 내며 날아요
> 그야 내가 미쳤죠
> 아주 우주적인 공포예요　　　　　　　——「심야 통화 3」

　행복의 실체적 드러남이었던 달과 별과, 연기를 뿜고
폭음을 내는 별과 달! 그 악몽 속에서 자신이 미치지 않
았다고 느낄 사람이 어디 있으랴. 그러나 시인으로서의
정현종의 뛰어난 점은 그 악몽——불행을 행복을 가능
케 하는 전제 조건으로 이해한 데에 있다. "행복은 행복
의 부재를 통해서만 존재하기 시작"하는 것이다. 그 행
복은 항상 이미지로 존재한다. 그 정확한 이미지를 붙잡
으려면, 아니 그 이미지로 꽃피어나려면, 시인이 살고
있는 지금 이 시간의 이곳을 있는 그대로 받아들여야 한
다. 거기에서 고통의 한국을 폭넓게 껴안고, 차라리 그
것을 사랑하려는 시인의 따뜻한 부드러움이 생겨난다.

　1) 노래하리라
　　반도의 눈부신 명당에서
　　세상에 가장 무거운 운명이
　　가장 깊이 날으는 모습을.　　　——「거품과 너털웃음」

2) 고통의 별 아래 태어난 우리들,
　　한국을 사랑하는 것은
　　그 별빛을 사랑하는 것입니다　　──「술잔을 들며」

　고통의 땅 한국은 시인에게 천하의 명당이라는 서정주의 선언과 비견될 수 있을 만큼, 이 시행들은 한국에서 생을 영위하는 일의 고통스러움과 무거움을 시인답게 노래와 사랑으로 폭넓게 받아들이고 있다. 한국에서의 삶은 악몽의 삶이다. 사람들은 그곳에서 "철제 프로파갠더를 매일/독약처럼 조금씩 먹"으며, "나 내가 아니오"라고 매일 말하며, "눈감으면 고향"이나 "눈뜨면 타향"이 되는 곳에서 "지붕 바깥으로 손"을 들고 살고 있다(「공중에 떠 있는 것들」). 시인의 현실 인식은 그러나 운명론적인 인식이 아니라, 고통은 고통으로 인식해야 한다는 비극적인 현실 인식이다. 나는 한국인이니까 **당연히** 한국을 사랑해야 하는 것이 아니라, 고통으로 꽃피어나려면 그 고통의 땅을 사랑하지 **않을 수 없기** 때문에 나는 한국을 사랑하는 것이다. 한국에 대한 시인의 사랑은 그 이전에 이 고통의 땅에서 그 고통을 사랑하며 살아온 사람들의 노랫가락을 주목케 한다. 첫번째 시집에서 그리 중요한 몫을 맡아 하지 아니한 전래의 노랫가락이 이 시집에서 꽤 중요한 역할을 맡아 하고 있는 이유이다.

　1) 아리랑 아리랑의 청천하늘

오늘도 흐느껴 푸르르고

별도나 많은 별에 수심 내려

기죽은 영혼들 거지처럼 떠돈다   ──「고통의 축제 2」

2) 살찐 死者들의 입김이지, 이 안개는

꼭꼭 숨어라 친구들이여

머리카락 보인다 이웃들이여

그리하여 잠들라

　　　　──「거짓 희망을 쓰러트리는 우리들의 희망이」

3) 옛날엔

별 하나 나 하나

별 둘 나 둘이 있었으나

지금은

빵 하나 나 하나

빵 둘 나 둘이 있을 뿐이다   ──「최근의 밤하늘」

　위의 예는 그가 한국인의 노랫가락을 자기식으로 변형시켜 시 속에 끼워넣은 좋은 예들이다. 1)의 예는 아리랑, 쾌지나 칭칭 나네의 리듬과 가사를 교묘하게 변형시킨 것이며, 2)의 예는 어린애들의 술래잡기 놀이에 쓰이는 것을, 3)의 예는 아이들의 별 세기에 쓰이는 것을 변형시키고 있다. 그 변형은 시인이 한국의 전통 속에 자리잡고 있음을 보여주는 것이기도 한데, 그 전통 속에서 그는 고통의 땅에서 꽃피어난 노래와 합일하는 것이다. 그 합일은 그 자신 속에 내면화된 자연, 혹은 자연

속에 잠긴 나라는 행복스러운 상태를 살도록 이웃에게 권고할 수 있는 힘으로 작용한다. 그래서 살아보자, 태양처럼 웃어다오, 감격하자 따위의 권유법이 그의 시에 나타난다.

   1) 그래 살아**봐야지**
     너도 나도 공이 되어
     떨어져도 튀는 공이 되어　──「떨어져도 튀는 공처럼」

   2) 남자들 천둥쳐**다오**
     태양처럼 웃어**다오**　　　　　　　　　──「천둥쳐다오」

그 권유는 명령이 아니다. 그것은 참여에의 권고이다. 어디에 참여하란 말인가? "뜬구름도 흐르게 하는 푸른 하늘다운/희망 한 자락"(「냉정하신 하느님께」)에 참여하라는 권유다. 그 권유는 따뜻하고 부드럽다. 거기에는 적대 감정이 없기 때문이다. 그 권유는 그것을 안 받아들이려는 사람에게 부드러운 느낌들을 일으키기 때문에 부드러운 것이다. 그 희망은 그렇다면 시인에게 어떤 모습으로 드러나고 있는가? 가령 「눈짓 하나가 탄생을 돕는다」의 다음 시행을 보면,

   아 태어나려고 애쓴다
   납작한 것들 속에서
   찢어지는 것들 속에서
   길들여진 정신

무서워하는 기교 속에서
명랑한 저 달빛 아래 쥐죽은 거리에서
석탄백탄 속에서
아 막무가내의 기쁨 속에서

처럼, 그 내포가 무엇인지는 확실치 않으나, 시인의 모든 기대가 걸린 너의 탄생으로 드러나기도 하며, 「술잔을 들며」에서처럼

이쁜 가슴 비벼 이는
푸른빛의 메아리 속에
자유 있는 육체와 육체 있는 자유로
일과 춤을 섞고 사랑한다 말하며
농부들은 씨 뿌리고
시인들은 노래하며
학자들은 생각하고
애인들은 사랑하는 땅

과 같은 마르쿠제적인 유토피아로 나타나기도 한다. 그 마르쿠제적인 유토피아에서는 푸른빛이 매우 중요한 역할을 맡고 있는데, 바로 그 푸른빛에의 경사가 시인으로 하여금 푸른 풀을 그 희망의 실체처럼 인식케 한다.

1) 하늘이 안 무너지는 건
   우리들 때문이에요, 하고 풀잎들은
   그 푸른빛을 다해

흔들림을 다해
광채나는 목소리를 뿜어올린다
                              ──「광채나는 목소리로 풀잎은」

2) 파랗게, 땅 전체를 들어올리는
   봄 풀잎,
   하늘 무너지지 않게
   떠받치고 있는 기둥
   봄 풀잎   ──「파랗게, 땅 전체를」

　　김수영의 시세계를 마무리한 풀잎이 정현종에게서도 그 푸르른 흔들림으로 시인의 고통스런 우주를 지탱하고 있음을 보고 우리는 놀라지 않을 수 없다. 풀잎은 연약하지만 그것은 푸르른──그 색감에서 우리가 얻는 심리적 가치란 새로움·청신함·싱싱함 등이다──흔들림으로 '길들여진 정신'을 흔들어대는 것이다. 그래서 시인은 밥 먹고 있는 자에게는 밥 많이 먹어요, 놀고 있는 자에게는 잘 놀아요, 걷고 있는 사람에게는 어서 걸어요라고 자연스러운 것을 자연스럽게 말한다.

　　말한다
　　거지 꼴인 꿈을 다해
　　세상 초록빛을 다해   ──「세상 초록빛을 다해」

　　그의 가벼움은 무겁게, 깊이 땅속에 뿌리를 내린 것이다. 그 대지에 뿌리박은 푸르른 들풀의 인간화가──

인간의 풍경화에 대비되는 현상이다——고통의 꽃이라
는 이름을 가진 니진스키이다. 그 니진스키의 육체는 어
두운 땅에 뿌리박고 있으나, 그 육체는 "밝고 밝다." 그
의 초기시를 지배한 바람의 상상력은(김현, 「바람의 현상
학」) 행복하게 들풀의 푸르름과 결합하여 딱딱한 부드러
움, 차가운 따뜻함이 된다. 그 변증법적 합일을 가능케
하는 푸르른 흔들림을 시인은 "새는 울고 꽃은 핀다. 중
요한 건 그것밖에 없다"라는 간단한 명제로 표현한다.
새는 울고 꽃은 핀다! 우는 새와 피어난 꽃은 납작한 것
들, 찢어지는 것들 속에서, 길든 정신과 무서워하는 기
교 속에서, 일과 춤이 자연스럽게 어울리는 유토피아에
서의 자유 있는 육체와 육체 있는 자유를 표상한다. 그
것은 그러므로 도피의 이미지가 아니라, 자연스러운 세
계를 긍정하는 숨은 원리의 이미지이다. 새가 울지 않고
꽃이 피지 않은 세계 속에서 정신은 길들고, 무서워하는
기교만 남는다. 새가 울고 꽃이 피는 곳, 그곳을 그는
「섬」이라는 짧은 2행시에서 인간 사이에 있는 섬이라고
말한다.

　　사람들 사이에 섬이 있다
　　그 섬에 가고 싶다

　그 섬에 시인은 이름을 붙이지 아니하였으나, 나는
그 섬에 행복, 그것이 아니라면 문학이라는 이름을 붙여
주고 싶다. 시인처럼 나도 그 섬에 가고 싶다. 세상 초
록빛을 다해!